波波鼠美食團
夏日清爽綿綿冰

圖文作者：文采賓
翻　　譯：何莉莉
責任編輯：林沛暘
美術設計：鄭雅玲
出　　版：新雅文化事業有限公司
香港英皇道499號北角工業大廈18樓
電話：(852) 2138 7998
傳真：(852) 2597 4003
網址：http://www.sunya.com.hk
電郵：marketing@sunya.com.hk
發　　行：香港聯合書刊物流有限公司
香港荃灣德士古道220-248號荃灣工業中心16樓
電話：(852) 2150 2100
傳真：(852) 2407 3062
電郵：info@suplogistics.com.hk
印　　刷：中華商務彩色印刷有限公司
香港新界大埔汀麗路36號
版　　次：二〇二一年二月初版
二〇二二年十月第二次印刷

ISBN: 978-962-08-7686-8
Original title: 알라차 생쥐 형제2: 고래빙수

18/F, North Point Industrial Building, 499 King's Road, Hong Kong
Published in Hong Kong SAR, China
Printed in China

文采賓

貓是她創作的靈感來源。她每天都在自己經營的「無辜工作室」裏，過着充滿了貓毛和畫作的生活。《波波鼠美食團》是她第一套撰寫及繪畫的創意圖畫書，她希望藉此帶給讀者清爽的美味感覺。大家不妨在書頁中找出她的身影吧！

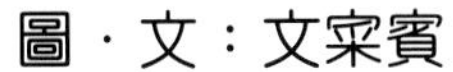

某一個炎炎的夏日，天空如常掛着猛烈的太陽。

在森林深處的歡樂小鎮裏，有七隻汗流浹背的波波鼠。

他們就是愛玩又愛吃的波波鼠美食團！

新雅文化事業有限公司
www.sunya.com.hk

波波鼠美食團想去玩水，於是他們決定前往碧波蕩漾的大海。
枕頭也要穿泳衣！
我有蛙鞋！
快點！我等不及了！
水球也要帶上！
太興奮了！
帶齊裝備啊！
差不多準備好

出發前，波波鼠們裝滿了一籃香甜可口的水果，
又收拾好蛙鞋、太陽傘和沙灘蓆。

當一眾波波鼠把所有裝備
搬上了露營車，便浩浩蕩
蕩地向着大海進發！
好期待啊！
夏日炎炎要吃水果！
嘩！看那邊！
涼風送爽！
還有多遠？
快到啦！
吱吱 0727

「喲呵，是大海啊！」
他們遠遠望見蔚藍的大海了。

好看！
下筆如有神！
把我拍得美一點！
要拍啦！
報數！
爬高些！
一！
二！
三！
四！
這個海灘真漂亮！
我真帥氣！
波波鼠兄弟，你們好啊！
大家好！
嘩，是大海呀！
等等我！
我要第一個下水！
衝啊！
加油呀！
待會要多吃一些！

媽媽，這是什麼地方？
當然是大海啦！
歡樂小鎮的海灘真熱鬧！
鯨魚寶寶向波波鼠們眨眨眼，打招呼。
好舒服！
!!
是冰塊？
我們駛過去看看那冰塊吧？
好！坐穩啦！
快來一起玩吧！
那邊為什麼有冰？
看見也覺得清涼。
咦，那是新娘嗎？
和你一起來真好！
一起玩好嗎？
好！
接招啦！
呵呵呵！
好冰涼啊！
輕力點！
小心點！
渴了……

團長多多撐起太陽傘，讓大家可以躲在傘下休息。
小書迷雷雷把水果泡在海水裏，令水果變得清涼。
貪吃鬼米米摘了幾個椰子，還在試着練臂力呢！
藝術家花花在沙上畫畫，懶睡豬蘇蘇卻已沉沉睡去。
淘氣鬼啦啦跟鯨魚寶寶打水戰，戰況十分激烈！
膽小鬼滋滋在收集貝殼，五彩繽紛的好漂亮啊！
烈日下，每隻波波鼠都在海邊做自己喜歡的事情。

接招吧！
啜啜！
讓我睡……
就來畫自
畫像吧。
這些貝殼
真美！

大家把鯨魚寶寶當作滑梯，滑呀滑，滑到尾巴再飛起來。
一起玩耍果然更開心呢！

他們還一起玩鯨魚寶寶最喜歡的水球遊戲。
誰最先接到鯨魚尾巴拋出的球就獲勝！

一眾波波鼠還跟着鯨魚寶寶潛入深海。
第一次看到海底的風光，大家都眼前一亮。

玩樂一番後，大家都累得躺在傘下休息。
空氣裏瀰漫着一陣鹹鹹的海水香氣，真舒暢！
這時，誰的肚子裏傳來一聲「咕嚕嚕」。
看來是時候吃泡在海水裏的水果了！

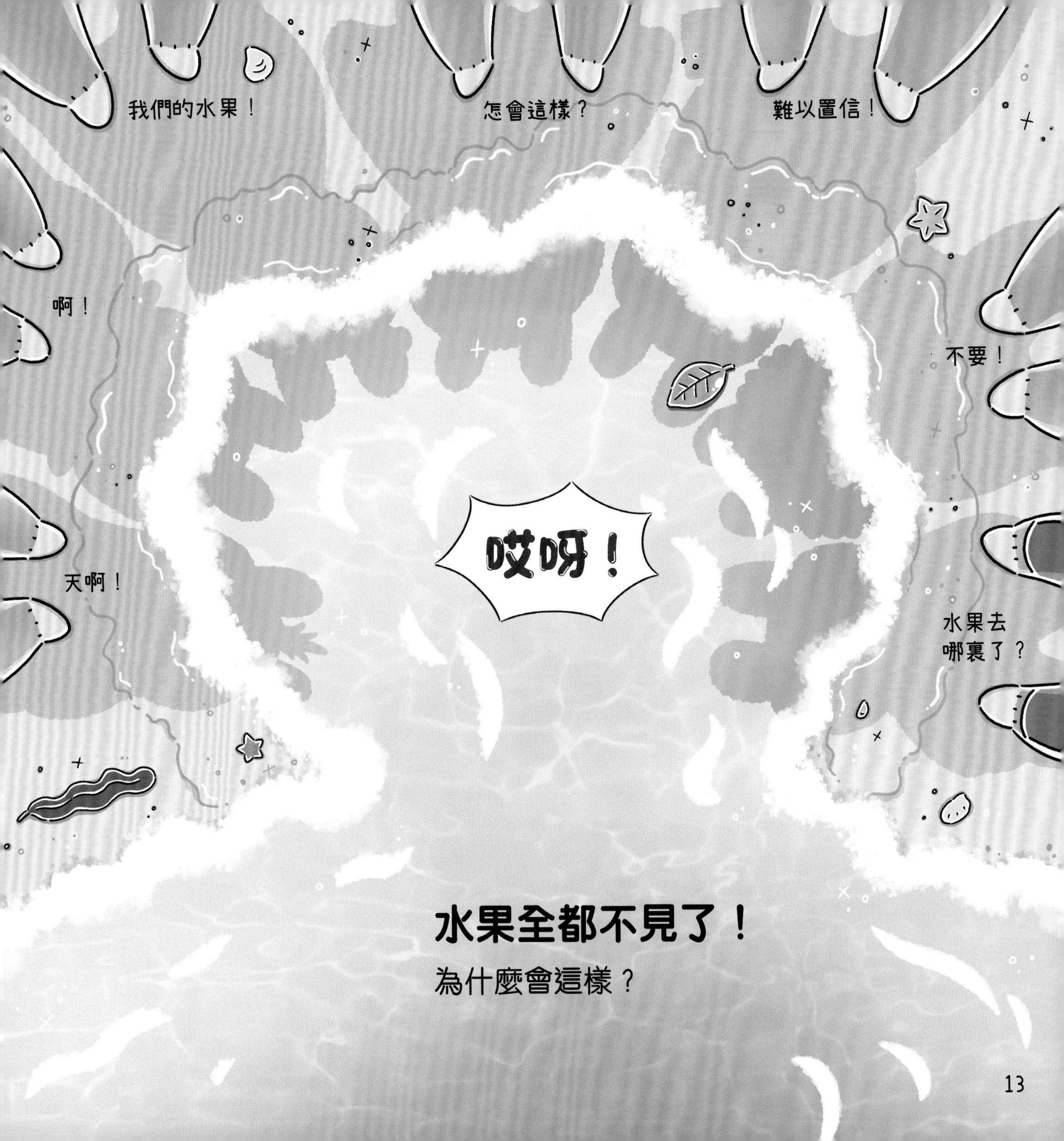
我們的水果！
怎會這樣？
難以置信！
啊！
不要！
哎呀！
天啊！
水果去
哪裏了？
水果全都不見了！
為什麼會這樣？

原來那些水果滾到海裏去了！
波波鼠美食團看到漂浮的水果都大吃一驚，
連在海裏玩耍的動物也嚇了一跳！
團長多多連忙喊：「快把水果撈上來吧！」
啊！
嘩！
哎呀！
咦？
怎會滾到海裏去？
別跑！
什麼？
糟了！
是因為海浪吧。
漂得越來越遠了。
我的水果！
水果快回來！

嚇一跳！
怎麼回事？
咦？
噢！
怎會這樣？
水果在游泳！
這是什麼？
嘎！
牠長得好像
菠蘿！
這真的是
菠蘿！
水果？
為什麼會
有水果？
嗯？
天啊！
爬爬爬……

甜瓜在這裏！
西瓜在這兒！
山竹在我手！
嗯？
是冰塊？
躺躺躺……
在海裏玩耍的動物排起隊來，
把散落大海的水果一個接一個送回岸邊。

我有水蜜桃！
嘩，香蕉飛起來！
芒果！
菠蘿來了！
蘋果送到！

幸好有其他動物來幫忙，
他們很快便把所有在海上漂流的水果取回來。
波波鼠美食團很想向大家表達謝意，
該怎麼做好呢？

這時，團長多多似乎
想到一個好主意！

「我們再玩一次水球遊戲吧！」

一眾波波鼠走向鯨魚寶寶，
用盡全力把一籃水果扔出去！

鯨魚寶寶興奮地揮動他那巨大的尾巴！

噼啪！

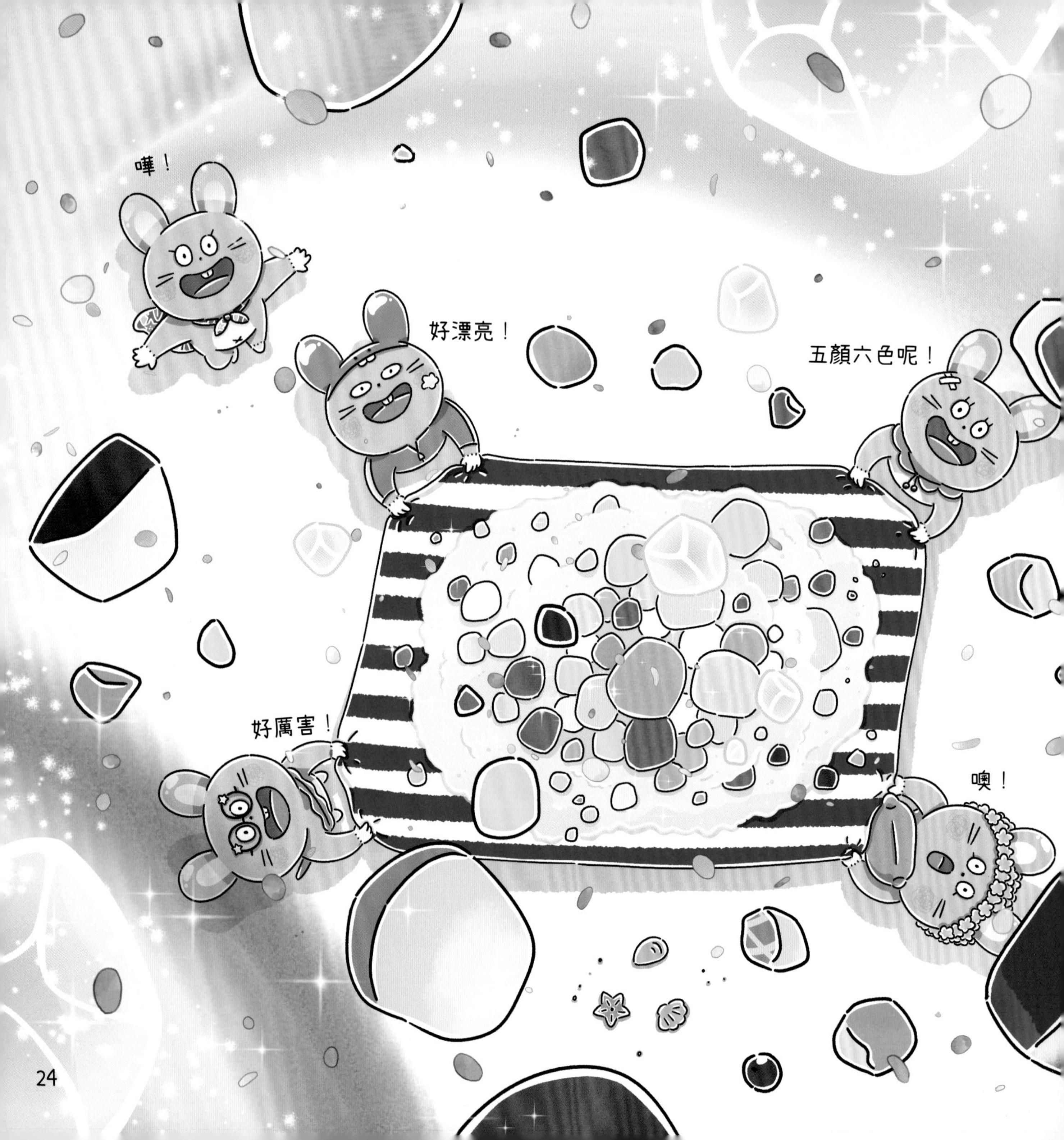
嘩！
好漂亮！
五顏六色呢！
好厲害！
噢！

給鯨魚尾巴打碎的水果紛紛落下，
裂成碎片的冰塊在空中閃閃發亮！
波波鼠們張開野餐布，把掉落的水
果和冰粒統統接住。

大大小小的水果和冰粒堆成了一座小山，
看起來跟鯨魚寶寶的體形一樣巨大。
膽小鬼滋滋捧着一大疊貝殼，小心翼翼地走過來。

波波鼠們把水果放進貝殼裏，

還將冰粒弄成鯨魚的樣子。

這道甜品的名字就叫做**「貝殼綿綿冰」**吧！

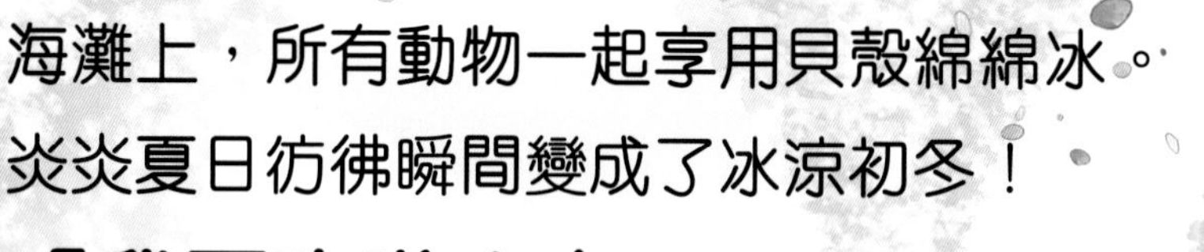

海灘上，所有動物一起享用貝殼綿綿冰。

炎炎夏日彷彿瞬間變成了冰涼初冬！

「我要吃啦！」

每一口綿綿冰都滲透着海水的味道。
這種感覺正好替大家消消暑，真涼快！

太陽緩緩下山，
波波鼠美食團和鯨魚寶寶是時候回家了。
再見！
還想再玩一會！
再見啦！
再會！
下次見！
喝最後一個椰子！
這麼快就天黑。
倒立！
要說再見了！
快醒來！
是誰亂拋垃圾？
好睏啊。

漫天星星都出來了！

雖然捨不得，波波鼠們還是揮揮手跟朋友道別。

「下次再見啦！」

夏天再來的時候，

假如你想起帶着海水味道的貝殼綿綿冰，

就到歡樂小鎮的海灘玩吧！

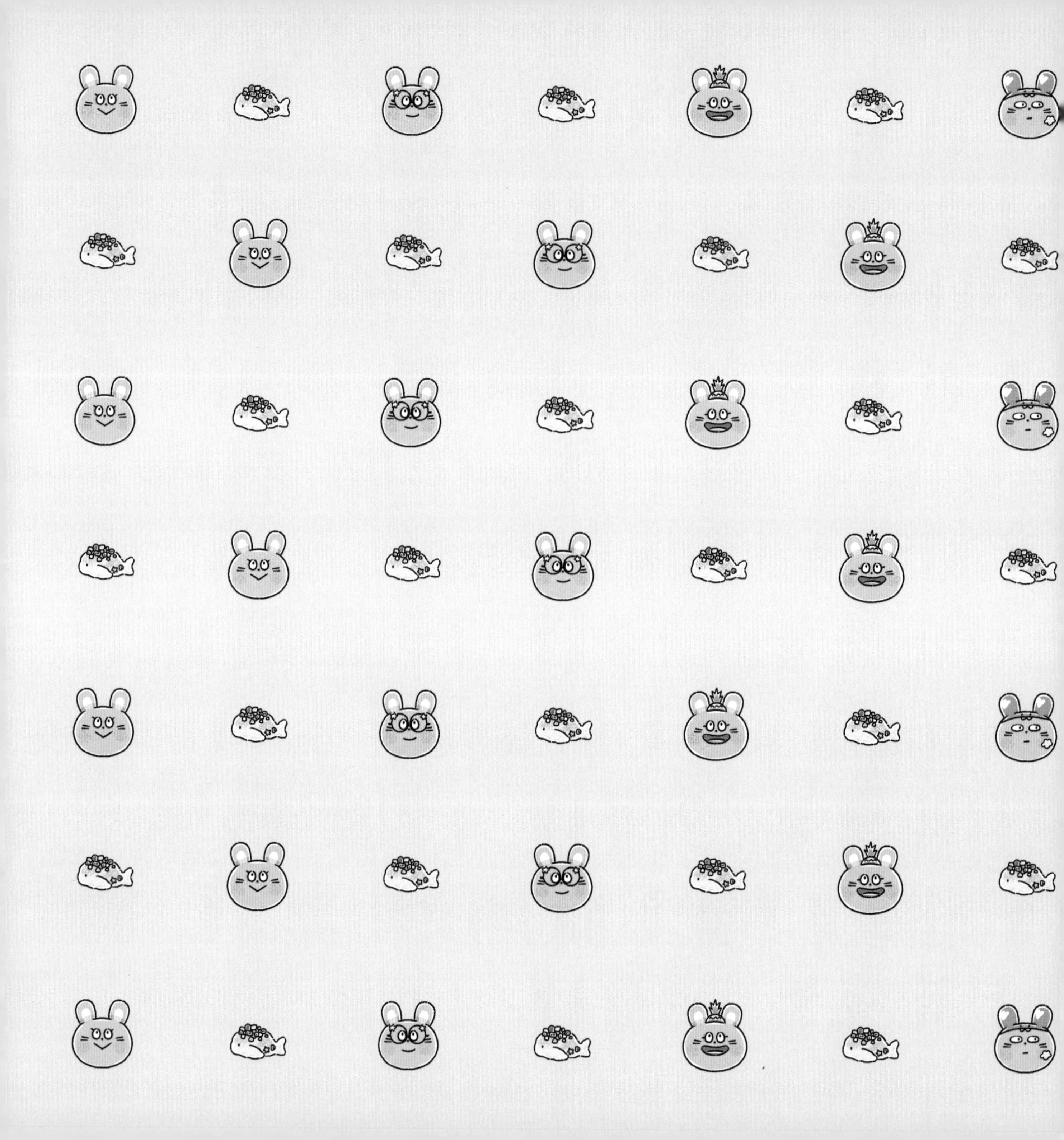